句集

桜蘂

永野シン

朔出版

序

桜蘂踏みて越え来し母の齢

句集名の元となった句である。シンさんの住まいは宮城県柴田郡大河原町。昭和初期の退廃詩人尾形亀之助の出生地である。亀之助の祖父、父は「ホトトギス」で虚子選を受けていた俳人で、その縁があって尾形家の墓碑銘は虚子の筆に拠る。江戸末期に活躍した俳人村井江三《こうざん》や斎藤茂吉に師事した歌人佐藤佐太郎も、この町に生まれた。残雪の蔵王に映える東北有数の桜の名所、白石川堤一目千本桜は、シンさんの家のすぐ傍で、ここを定住地と定め、夫とともに半世紀近くを暮らしてきた。その間、幸福な日々とともに、シンさんなりの紆余曲折、変転があったことだろう。肉親はじめ縁深い多くの人との別れもあった。七年前には最愛の人も失った。

落葉松の芽吹き金色父の死後

風鐸を鳴らすは夫か冬木の芽

その一年前には東日本大震災に見舞われた。大河原町は海からは離れていて幸い死者はなかった。しかし、建物の全壊など多くの被害があった。

地震あとの沈黙の闇梅匂う

この句から、今もリアルに直後の心の動揺が嗅覚を通じて伝わってくる。梅が芳しければ芳しい程、不安や畏怖が心に深く浸透してくる。しかし、シンさんは実にたくましかった。それは同時期の、

瓦礫よりすみれたんぽぽ苜蓿

避難所の窓全開につばくらめ

などの作品が雄弁に語っている。下野黒羽の生まれの人だから、その風土が培った向日性でもあろうか。

壺焼のぷくぷくあれが初デート

ブータンへ行こう木の葉の舟に乗り

笑わざる如く笑って唐辛子

などの巧まざるユーモアや発想が、そのことを裏付けてもいる。第一句集『断面』の序で「平凡実直な主婦である生活感と、少女のような初々しい弾み

心とが、どちらの良さも損なわれずに」句に溶け合っていると書いたが、それは、『桜蘂』にも一貫している。

一気とは恐ろしきこと散る銀杏
だんご虫よわれも必死ぞ草を引く
春疾風この地捨てざる貌ばかり

永野シン俳句の真骨頂はこれらの句にあろう。長寿社会と言われる今日でも、長生きはやはり得がたい天恵に変わりない。しかし、同時にそれは、来るべき日に向かって老いと孤独と、そして、自分自身と闘いながら、もがき生きることに他ならない。これらの句には、その重い命題から目を逸らすことなく一途に懸命に生きようとする姿が刻まれている。しかも、亡き人と心を通わせながら。本集『桜蘂』は、そうしたひたむきな女性の現在時点の紙の道標である。

令和元年十一月一日

虹洞書屋　高野ムツオ

句集　桜蘂　目次

装丁　奥村靫正／ＴＳＴＪ

句集　桜　蘂

Ⅰ　蘆の芽

平成二十一年―平成二十二年

六十二句

平成二十一年

冬芽には冬芽のひかり古戦場

炉話の声あかあかと雪催

麦の芽にいつしか一寸程の影

括られて冬菜羅漢の顔となる

樫が好き日溜りが好き寒雀

やじろべえ指先に立て春を待つ

傾城の塚に日当る蕗の薹

靴音に舗道の余寒ついて来る

ほぐるるに理由などなし牡丹の芽

手熨斗して二月の風をたたみけり

鍵もたぬ島のくらしや揚雲雀

鳥帰る眼鏡のくもり拭きおれば

吊橋が小さく揺れて鳥雲に

まだ風を生まぬ蘆の芽児捨川

雉子鳴けり午後の島影深くして
下駄放る天気占い夕ざくら

砲台の跡形もなし花霞

折込みの広告重しリラの冷え

桑の葉のきらりきらりと工女の碑
よろこびは束の間のこと豆の花

改札をつき抜け来たり夏燕

嚙み合わぬ二人となりて心太

葭切や一人になりたい時がある

薫風や睡気をさそう象の耳

揚羽蝶大道芸をよぎりけり

丑寅に小さき稲荷すぐりの実

まんじゅう麩売る軒低し夏燕

少年にカレー大盛り祭笛

青りんご剝きつつイソップ物語

晩夏光中洲へ戻る鳥の影

球児らの声集まりて雲の峰

母の忌や西瓜供えるだけなれど

月光のほかお断りわが栖

石蹴って明日を待ちおり鰯雲

秋夕焼弥陀に抱かれて眠りたし

百句捨て百一句目は秋のバラ

宇宙との交信柚子の乱反射

ペン立てのペンの長短小鳥来る

峡の日を惜しみ野菊を惜しみけり

観覧車廻り小春の陽が廻る

磨崖仏立冬の陽を招き入れ

冬紅葉身を飾るもの何もなし

平成二十二年

木洩れ日も落葉の仲間高蔵寺

冬夕焼夫の病衣を染めて居り

日脚伸ぶ雀が集う仁王門

寒晴や元気元気と物忘れ

鬼房先生

花の駅来る筈のなきベレー帽

亀鳴くや舌に転がす詩もなくて

壺焼のぷくぷくあれが初デート

だるまさんが転んだ風がまた光る

悼　菊地乙猪子

風の輪の上に風の輪雪解星

落葉松の芽吹き金色父の死後

山彦に心あずけて桷の花

悼　高橋昭子

またたびの葉のうらおもて昭子亡し

立葵のぼりつめれば母の顔

影を生むブリキのピエロ祭笛

思い出を砂に吸わせて秋の雨

躓くは生きているから秋湿り

百本のコスモスにある百の鬱

裏山は日暮急がず吊し柿

一気とは恐ろしきこと散る銀杏

北へ北へ貨車を吐きては山眠る

II

綿虫

平成二十三年—平成二十五年

七十二句

平成二十三年

鐘楼は風の遊び場日短

父母の匂いをつれて隙間風

裸木を叩く雨音逃げ場なし

白鳥の川を挟みて夜汽車の燈

躾糸解けば二月の陽と遊ぶ

折紙の孔雀が形見春の地震

瓦礫よりすみれたんぽぽ苜蓿

避難所の窓全開につばくらめ

地震あとの沈黙の闇梅匂う

囀りやからくり時計の扉が開かぬ

春の川わが胸中を映しけり

歳時記に付箋びっしり春の雪

墓守りになっておりたる雨の蟇

捨てきれぬものを増やして麦の秋

マロニエや傘を遊ばせ人を待つ

蛇衣を脱ぎて民話の村を出づ

気がつけば夫と居るなり麦の秋

梅雨夕焼蔵王は蒼く蒼く暮れ

雲を搔き雲を蹴り上げ水馬

傍にがれき山積み田水沸く

卒塔婆の影の林立晩夏光

明日がまだ見えて来ぬ町鰯雲

児を抱きて月の重さと思いけり

千輪の菊の一輪呼ぶ日暮

車椅子菊人形に声かけて

御賓頭盧撫でればば秋の深まり来

境内の光を集め帰り花

落葉掃き鴉の声も掃きにけり

ブータンへ行こう木の葉の舟に乗り

綿虫や郵便受けにある日暮

しばらくは独りに耐えて餅を焼く

初春やまだ役に立つわが手足

平成二十四年

目の前はがれき山積み初日の出

日脚伸ぶ雑巾を刺す手元より

凍蝶は光なりけり病む夫に

水仙の風に乗りくる母の文

春を待つ投函の音たしかめて

立春大吉稲荷小路を下駄履きで

牧を恋う牛の眼や牡丹雪

残雪の蔵王を泛べ一の堰

汐臭き丸太山積み地虫出づ

樹は枝をとんびはつばさ張る弥生

耕して土喜ばす陽の匂い

またの世はヒマラヤに咲く青い罌粟

蚕豆を剝きおり明日がどうあれど
だんご虫よわれも必死ぞ草を引く

思い出はほろ苦きものの青胡桃

紫陽花の毬の疲れている夕べ

クレーンの鬣り尽せぬ雲の峰

青芒折ればみすゞの海匂う

木犀の香に包まれて蘆の句碑

雁や世帯主とはわがことか

風鐸を鳴らすは夫か冬木の芽

道づれはわが影ひとつ冬うらら

平成二十五年

手を延べてくれそうな樫初日影

足組むも解くも独り初御空

春の雲どこから糸を引きだそう

塩竈は八方に坂風光る

俎に水走らせて遠郭公

夏の月耕作放棄地の空に

秋茄子煮ても焼いても独りなり

観音のおみ足の冷え菊の冷え

末枯や縛り地蔵に五円玉

二頭立て馬車は無けれど冬の虹

一山の読経一つに翁の忌

初霜を踏みて産土神の前

蝦夷穴は口をぽかんと小六月

ブロンズに鼓動はありや冬の雨

縄飛びの縄が風生む影を生む

鑢にて言葉は研げず寒北斗

愚かさを悔いてはおらず冬木の芽

金色に枯るる原っぱ一揆の碑

Ⅲ　今年米

平成二十六年―平成二十七年

五十七句

平成二十六年

ことさらに抱負なけれどちょろぎ食む

寒晴や野球部の声今日も又

竹林の風は陽の色春隣

春の厨藻塩の袋耳立てて

韮神山少年凧になって居し

初蝶のもつれや命きらめかせ

獣道たどれば鬱金ざくらかな

桜蘂肩に新任教師来る

メタセコイアの芽吹きは声にならぬ声

桐の花キトラ古墳へ夢を馳せ

夏帽子たたみてキトラ古墳へと

壁画より朱雀舞い立つ五月闇

夜の新樹キトラ古墳の夢尽きず

短夜や夫へ一と日の旅を告げ

梅雨晴のひかりもろとも点滴す

十薬や伊達の出城の野面石

蛍のひいふうみいよ句にならず

羽抜鶏飛べば明日が見えるかも

今朝の秋孤島のごとき身が一つ

寡黙ではなくて沈黙桃を剝く

秋風に生国何処と問われたり

流燈の明かりの中の流燈会

喪の旅の蜻蛉返りや後の月

収穫の南瓜かかえて修道女

サルトルもカミュも知らず今年米

コンバインの乗り手は少女雁渡し

狸稲架千体あれど詩にならず

牡蠣小屋の水いきいきと明日が見ゆ

綿虫やトランクにある父の国

胎の子にまた蹴られたと麦を蒔く

平成二十七年

声かけるたびのくれない実千両

枯菊を括りて今日を括りけり

今日もまた瑣事に追われて鳰

慰霊碑に立てば潮風冬雲雀

枯蘆の葉擦れの音や昼の月

旅鞄幾度も撫でて春を待つ

早春の光は力風もまた
ものの芽や山の音とは風の音

春風や魚龍化石のような雲

先生を待つは草餅さくら餅

鳥風や餃子のような昼の月

自由とは腹括ること麦の秋

舌噛みそうな監獄ロック麦の秋

庖丁に水走らせて海鞘の旬

猿山の猿と涼しき風の中

力抜きスマトラトラの大昼寝

白南風やサバンナを恋う駝鳥の眼

レッサーパンダを見入る二人のカンカン帽

雲の峰きりんの舌がまた伸びる

芒には芒の風や津軽富士

秋草も風音も濡れ脛巾神

一位の実口に含みて脛巾神

糸車繰るや小春の日を繰りて

良薬のような小春を独り占め

ハイヒール白菜抱いて帰りけり

風音を水に晒して紙を漉く

冬滝の音の中なる大蔵王

Ⅳ

麦は穂に

平成二十八年―平成二十九年

七十三句

平成二十八年

寒晴や梢は雲に触れたがる

東西に町を分かちて鴫の川

せせらぎは反戦の歌麦青し

春疾風この地捨てざる貌ばかり

早春賦口ずさみつつ厨仕事

死ぬ気などいささかもなし春キャベツ

熊本の地震を宥めて初蝶よ

覗き石覗けば風のまた光る

胸中に風の重さや蘆の角

桜蘂踏みて越え来し母の齢

クレソンの花ひっそりと鏃門
村棄てるつもり無けれど麦は穂に

阿武隈は海へ海へと麦の秋

じゃがいもの花や人には裏表

飛ぶ夢を諦めきれず蝸牛

地のくぼみ空のくぼみや夏の蝶

月山を遥かに青田風の中

校庭の隅の古墳や蟇が鳴く

肩先に残る涼しさ寺を辞す
菩提樹の花の香りを栞とす

少年の魚籠は空っぽ牛蛙

実桜を踏みて藤沢周平来

引き返すときのみんみん切通し

山々の奥も山なり滴れり

大夕焼明日来ることを疑わず

百枚の青田の風や先見えず

濡れ布巾一枚ほどの夏の蝶
置薬たしかめている夜の秋

この先の人取橋や稲の花
山裾の風を集めてカンナ達

これよりは海底トンネル鳥渡る

暮鳥の詩そらんじおれば秋夕焼

うしろより秋風の来る夫の忌来る

秋の蛇飛行機雲のように消ゆ

ヴァンサンはゴッホの呼び名秋日濃し

大工町寺町朝の鵙猛る

じゃじゃ馬の少女も母に秋袷

雁や埴輪に深き耳の穴

冬菊や小池光の生誕地

大根を引けば傾く不忘山

帽子屋の鏡の中の小春かな

風音に聴き入っている冬の蠅

平成二十九年

初春を連れ来し男句座に着く

福寿草母が恋しき日なりけり

鉛筆に子どもの歯形春を待つ

風花を招き大山津見神

石蹴ればば日の撥ねかえる風二月

梅の香やひとりにもある夕支度

物言わぬ除染袋や冴返る

病む友の手を撫でおれば夕蛙

眠そうな春の川面の浅葱色

思い出は形なきもの麦の秋

じゃがいもの花や吾子には吾子の友

飛び石を跳んで来たれり梅雨の蝶

紫陽花に疲れの見ゆる葬の果て
羽抜鶏書かねばすぐに忘れるよ

無口なる兄の来るなり庭花火

はかられぬ空の深さや石たたき

逝くならば蒲の穂絮に包まれて
ヒメムカシヨモギや町の消えてゆく

この世しか知らずに生きて秋夕焼

無駄な燈を消してひとりの終戦日

子に遺すものは月光詩はなし

被災地の浜に佇む秋日傘

放課後のチャイム色なき風に乗り
青空を少し焦がして秋刀魚焼く

草じらみつけて媼の地獄耳

繋がって居ること嬉し蔦紅葉

打てば鳴るような青空鳰

本籍は肱石という冬柏

水音の脾腹にありて山眠る

冬蝶や音なき影を落としおり

鏡には映らぬ病冬座敷

Ⅴ

蛾の眼

平成三十年—令和元年

六十六句

平成三十年

初春の陽に包まれて何もせず

煮凝やどう生きようとあと少し

一片の雲になりたや冬うらら

魚籃さまの籠はからっぽ冬木の芽

長生きは兜太に任せ龍の玉

山風は母の声なり蕗の薹

飯舘の春まだ遅しとんびの輪

飯舘の空へ尾を立て孕み猫

両神山の芽吹き促す兜太節

枡酒の表面張力桃一枝

われに夢しゃぼん玉には空がある

花過ぎの風に吹かれて開拓碑

ランプの湯蝦夷春蟬が頭上より

なんじゃもんじゃの芽吹きや父も母もなし

柏手を打てば玉解く芭蕉かな

咲き初めて万の光の水芭蕉

牡丹の蘂金そばだてて姉悼む

老鶯や石積むのみの五輪塔

川に沿い若葉童女となるかもよ

ほととぎす一声のみの番所跡

夏落葉光の中を笑うごと

王冠は壜にもどらず朱夏至る

手も足もはずしたき日の大夕焼

反戦を貫き通す蛾の眼

山百合のうしろは暗し義民の碑

隠沼の闇のふくらみ糸とんぼ

書くことは生きることとなり稲の花

笑わざる如く笑って唐辛子

秋の雷ぐずらもずらと生き来し日

初雁の声や古碑群見ておれば

フクシマの七年を知る竈馬

夕空にロケット秋刀魚焼いており

波音をゆっくりたたむ秋日傘

阿武隈の闇豊かなり雁渡る

胃袋に一尾の秋刀魚空に星

鰊御殿色なき風に吹かれ来て

秋風は夫の声か小樽の夜

行く秋のギターが揺らす運河の燈

虫の音を踏みて終りぬ北の旅

北国の霧を詰め来し旅鞄

冬薔薇杖がわたしの翼です

常長の墓までの道冬の鵙

もう一泊せぬかと熊に誘われる

ひと粒の救命丸と冬に入る

小春の日浴びて旗巻古戦場

今も帰還困難区域雪ばんば

見慣れたる山の根雪の父の忌なり

令和元年

原発の空につながる初茜

雀らの声は映らず初鏡

腰紐を引き摺るように寒波来る

脱ぎ捨てのセーター動き出しそうに

淋しくはないかと傾ぐ冬薔薇

春風に背を押され来し美術館

坂多き塩竈の春足裏より

停年も解雇もなくて梅の花

山間に轆轤挽く音水温む

雨粒の光がすべて銀杏の芽

鳥海山の種蒔き爺さん雲に乗る

広小路五輪小路を蝶となり
遠ざかる列車の軋み黄砂降る

落日も落石もあり雪解川

雪代のどこ曲っても夫が居る

胸中の火種からっぽ麦の秋

父すでに土となりたり遠花火

蝦夷竜胆この世の青を尽くしおり

冬蜂となりて潜りし仁王門

句集　桜蘂　畢

あとがき

取得のない私が只ひとつ続いていることが俳句である。多くの句友に支えられ、楽しませていただいている。そして、「小熊座」主宰の高野ムツオ先生には、思いがけない言葉の選び方やとらえ方、一字一字の大切さ、俳句の素晴らしい世界を御指導いただいている。俳句は何よりの私の宝である。

第二句集『桜蘂』は、平成二十一年より令和元年十一月までの作品から三百三十句を年代順に収めた。この十年間にはさまざまなことがあった。平成二十四年にはアルツハイマーを患っていた夫を亡くした。ぽっかりと穴があいたようであったが、最近は、俳句の縁で吟行に誘われることも増えた。好奇心は尽きることがなく、いつも心が躍る。

元号が新たに令和となったこともあるが、私自身八十路という大きな節目を無事に迎えられたことを機に、これまでの俳句を纏めておこうと思い立った。

これからも大好きな俳句を楽しみ続けたいと思っている。

最後になりましたが、高野ムツオ先生には、ご多忙のなか御選と身に余る序文を賜り、心より御礼申し上げます。また、親身に編集に当たってくださった朔出版の鈴木忍様、本当にありがとうございました。

令和元年十月

永野シン

著者略歴

永野シン（ながの　しん）

昭和 14 年　栃木県黒羽生まれ
平成 3 年　「小熊座」（佐藤鬼房主宰）入会
平成 14 年　佐藤鬼房逝去により高野ムツオに師事
平成 15 年　「小熊座」同人
平成 20 年　第一句集『断面』（ふらんす堂）上梓
平成 23 年　宮城県俳句賞準賞受賞、宮城県俳句協会会員、
現代俳句協会会員

現住所　〒 989-1236　宮城県柴田郡大河原町字東原町 18-8
TEL・FAX　0224-52-4358

句集　桜蘂　さくらしべ

小熊座叢書第108篇

2019年12月12日　初版発行

著　者　　永野シン

発行者　　鈴木　忍

発行所　　株式会社 朔《さく》出版
郵便番号173-0021
東京都板橋区弥生町49-12-501
電話　03-5926-4386
振替　00140-0-673315
https://www.saku-shuppan.com/
E-mail　info@saku-pub.com

印刷製本　中央精版印刷株式会社

ISBN978-4-908978-31-9　C0092